Jorge Luis
Borges

Borges, oral

博尔赫斯，口述

［阿根廷］豪尔赫·路易斯·博尔赫斯 著

黄志良 译

上海译文出版社

目 录

序　言

当贝尔格拉诺大学提出要我上五堂课时，我选择了几个与时间有关的题目。第一个题目是《书籍》，要是没有书籍这一工具，无法想象我的一生。书籍，对我来说，其亲密程度不亚于手和眼睛。第二个题目是《不朽》，不朽是人们世代向往的威胁或期盼，它构成了相当部分诗歌的题材。第三个题目是《伊曼纽尔·斯维登堡》，他是位幻想家，他写道：死亡者可以按照自己的自由意志选择地狱还是天堂。第四个题目是《侦探小说》，这是埃德加·爱伦·坡为我们留下的规则严格的游戏。第五个题目是《时间》，时间对我来说依然是个形而上学的基本问题。

感谢听众给了我宽容和盛情，我的讲课取得了出乎我意料的成功，实在不敢当。

如同阅读一样，讲课内容则是双方合作的结晶，听众的重要性不亚于讲课的人。

这本书里收集了我本人在那几堂课上所讲的部分内容，我希望读者能像当时的听众那样予以充实补充。

豪·路·博尔赫斯

一九七九年三月三日，布宜诺斯艾利斯

书　　籍

在人类使用的各种工具中，最令人惊叹的无疑是书籍。其他工具都是人体的延伸。显微镜、望远镜是眼睛的延伸；电话是嗓音的延伸；我们又有犁和剑，它们是手臂的延伸。但书籍是另一回事：书籍是记忆和想象的延伸。

萧伯纳在《恺撒和克娄巴特拉》中，谈到亚历山大图书馆时，说它是人类的记忆库。这就是书籍，不仅如此，书籍也是想象力。因为，我们的过去不是一连串的梦想又是什么呢？追思梦想与回忆往事能有什么区别？这就是书籍的功能。

一度，我曾经想写一部书籍的历史。不是从形态角度去写。我对书籍的形态毫无兴趣（尤其藏书家的书籍往往硕大无比），我想写人们对书籍的种种评价。在我之先，施本格勒在他的《西方的没落》一书中就有精彩的篇章议论书籍。我想，我的一些个人看法是符合施本格勒的看法的。

古人不像我们那样推崇书籍——这点我深感意外；他们把书籍看成是口头语言的替代物。人们经常引用的那句话：书写的留存，口说的飞掉[1]，并不是说口头语言是短暂的，而是说书面语言有一定的持久性，但却是死板的。相反，口头语言是会飞的，是轻盈的；诚如柏拉图所说，口头语言是飞动的，是神圣的。说来奇怪，人类所有伟大的大师的学说都是口授的。

我们且举第一个例子：毕达哥拉斯。我们知道，毕达哥拉斯是存心不写作的。他不写东西，因为他不愿意受书面语言的束缚。无疑，他意识到了"那字句是叫人死，精意是叫人活"的含义，这句话的含义后来反映在《圣经》里。想必他是意识到了这一点的，所以他不愿受书面语言的束缚；因此，亚里士多德从来不说毕达哥拉斯，而说毕达哥拉斯派。比如，他告诉我们说，毕达哥拉斯派重视信仰、教义，主张

---

1 原文为拉丁文。

永恒的回归。这一点是很晚很晚后为尼采所发现的。这就是周而复始的观点，这一观点在《上帝之城》一书中受到了圣奥古斯丁的批驳。圣奥古斯丁打了一个美妙的比喻说，基督的十字架把我们从禁欲主义者的循环迷宫中解救了出来。时间是周而复始的观念也为休谟、布朗基……及其他许多人所接受。

毕达哥拉斯是不愿写作的，他希望在他死后他的思想能依然活在弟子们的头脑里。这里就产生了那句老话（我不懂希腊文，只能用拉丁文来表达）：Magister dixit（大师说过）。这并不等于说弟子们因大师说过而受到束缚；恰恰相反，他肯定了他们有自由在大师思考的基础之上继续思考。

我们虽然不知道是不是他开创了时间是周而复始的理论，但我们知道他的门徒都信奉这个理论。毕达哥拉斯的躯体死亡了，而弟子们，由于某种轮回的缘故（这是毕达哥拉斯所喜爱的），仍在他思考的基础之上继续进行思考再思考；每当别人指责他们说了某些新话时，他们便抬出这句话来辩解：大师说过。

但是我们还可以举出其他的例子。最突出的例子要数柏拉图了，他说书籍犹如肖像（他可能想到了雕塑或绘画），说有人认为书籍是有生命的，但向书籍提问时，书籍默不作答。于是，为了纠正书籍的这种沉默，便杜撰了柏拉图式的对话。这就是说，柏拉图把自己演化成了许多人物：苏格拉底、高尔吉亚[1]等等。我们也可以相信，苏格拉底死后，柏拉图曾以想象苏格拉底仍然活着来安慰自己。每次遇到问题时他总要问自己：对此苏格拉底说过什么呢？这样，从某种意义上说，苏格拉底是不朽的，他并未留下任何书面东西，他也是位口授大师。

我们知道，基督只有一次写下过几句话，但这几句话很快被泥沙湮灭了。基督没有再写下过其他我们知道的东西。佛陀也是位口授大师，留下的是他的说教。我们再引用一句圣安塞姆的话："把书放在无知者的手里，犹如把剑放在儿童的手里一样危险。"过去人们就是这样理解书籍的。在整个东方，至今还存在这样的观念：书本不应披露事物；书本只

---

1 Gorgias（约前485—约前380），古希腊诡辩家、怀疑论哲学家，所著《自然论》认为什么也不存在，即使确实存在某些东西，那也是不可知的；即便可知，也是不可言传。柏拉图的对话录《高尔吉亚篇》，就是专门反驳他的。

应帮助我们去发现事物。尽管我对希伯来语一无所知，我还是对神秘哲学喀巴拉作了些研究，我读过《光辉之书》、《创造之书》的英文本和德文本。我知道，这些书写出来不是为了让人理解，而是为了让人去诠释，是为了激励读者去继续思考的。古代的人没有像我们那样敬重书籍，虽然我们知道马其顿国王亚历山大大帝枕头底下常放着两件武器：《伊利亚特》和宝剑。当年人们虽然非常崇敬荷马，但并不把荷马看成是我们今天所赋予的意义上的圣贤作家。他们并不认为《伊利亚特》和《奥德赛》是神圣不可侵犯的作品，这是两部受人尊重的，但也是可以批评的书。

柏拉图可以把诗人逐出他的"理想国"，而又不致有排斥异己的嫌疑。从古人反对书籍的例证中，我们还可以补充一个塞内加的有趣例子。在他那些值得赞美的致卢齐利乌斯的书信中，有一封信是指责一个爱虚荣的人的，说此人拥有一间藏书百卷的图书室；塞内加不禁问道：谁有时间读完一百本书呢？如今，那些卷帙浩繁的图书馆却深受人们珍视。

古代有些事情令我们费解，即不像我们那样崇敬书籍。古人总把书籍看成是口头语言的替代物，但后来从东方传来了一种新的观念，一种完全不同于古代传统的观念：圣书的观念。我们且举两个例子，先举晚些时候的例子：伊斯兰教徒。他们认为，《古兰经》先于天地万物，先于阿拉伯语；是专属于神的，并非神的创造，如同神的慈悲或公正一样。《古兰经》中十分神秘地谈到《书之母》。《书之母》是在天上写就的一部《古兰经》，也许就是《古兰经》柏拉图式的原型；而这部书（《古兰经》里这么说）是在天上写成的，是专属于神的，是早于天地万物的。伊斯兰教的学者都是这么宣扬的。

下面我们再举几个离我们较近的例子：《圣经》(*Biblia*)，说具体点，就是《托拉》[1] (*Torá*) 或《摩西五经》(*Pentateuco*)。据认为，这些书是圣灵口授的。把不同作者和年代的书籍都归属于一个圣灵，这是件很奇怪的事；但《圣经》里称圣灵是无处不在的。希伯来人想出了个主意，把各个时代的各种著作收集起来，编成一本书，取名为 *Torá*（即希腊语 *Biblia*）。把所有这几部书都归属于一位作者：圣灵。

---

1 《托拉》，犹太教的律法书，广义泛指上帝启示以色列人的真义，狭义指《旧约》首五卷，即《摩西五经》。

有人问过萧伯纳，他是否相信《圣经》是圣灵写的。他答道："所有百读不厌的书都是圣灵写的。"这就是说，每本书都必须超越其作者的意图。作者的意图往往是凡人浅见，并可能有错误的，而书里总应包含更多意义。比如说，《堂吉诃德》就不仅仅是一部讥讽骑士小说的作品。这是一部纯真的书，其中绝对没有掺入半点信手写来的东西。

我们不妨考虑一下这一想法的后果。比如我说：

> 在那纯洁、晶莹的流水之中，
>
> 注目凝视自己倒影的树木，
>
> 你们见的是绿原，浓阴清新。

显而易见，这三行诗每句都是十一个音节。这是作者自己的意愿，不是别人要他写的。

可是，这与圣灵的作品相比算得了什么呢？与刻意著书立说的神的观念相比，这又算得了什么呢？在神的书里，不可以有半点偶然性，一切都要有根有据，遣词造句都得有道理。比如，据说《圣经》的开篇 Bereshit baraelohim 以 B 打头，就是因为这字母代表了 benedecir（赐福）之意。这是一部绝对没有半点偶然性的书。这就把我们引向喀巴拉，引向研究文字、研究一部由神口授的圣书，这与古人的想法是背道而驰的。古人对灵感的认识是相当模糊的。

"缪斯啊，请歌唱佩琉斯之子阿喀琉斯的致命的愤怒吧！"[1]荷马在《伊利亚特》中开宗明义说道。这里，缪斯指的是灵感。但是，如果想到的是圣灵，那想到的便是更加具体、更加有力的上帝，是上帝下凡创作出了文学作品。上帝写了一部书，这部书里没有半点偶然性；连字数和每段的音节数量都不是随便的，不允许我们玩弄词藻，不允许我们忽视字数的含义。一切都是经过深思熟虑的。

这便是对书的第二个重要看法，——我再说一遍——即说书可能是神的作品。也许这一看法比古人对书的理解更接近于我们今天的认识。古人总认为书是口头语言的替代物。后来又相信书是神圣的，再后来又为其他一些想法所取代。比如说，有人认为每个国家都有一部书作为它的代表。我们

1　此处参考罗念生、王焕生先生的译文。

记得，伊斯兰教徒称以色列人为"圣书之民"；我们记得海涅说过以色列民族的祖国就是一部书：《圣经》，犹太人的书。于是，我们得到了一个新的观念，那就是每个国家都必须有一部代表性的书，必须有一位代表性的作家，这位作家可能写过许多部书。

奇怪的是——我不认为这点迄今已被人们觉察到——有些国家选出的人物并不与之十分相像。比如，我认为，英国应该推选塞缪尔·约翰逊博士为其代表；但是没有，英国选择了莎士比亚，而莎士比亚——我们可以这么说——比任何其他英国作家都缺少英国味。最典型的英国味是understatement，即所谓尽在不言之中。而莎士比亚不惜大肆夸张地运用比喻，如果说莎士比亚是意大利人或犹太人，我们一点不会感到惊讶。

另一个例子是德国，这是一个值得赞许而又容易狂热的国家，这个国家偏偏选择了一个宽宏大度而不好偏激的人做代表，此人不太在意祖国的观念，德国选择的是歌德。歌德成了德国的代表。

法国还没有选出一位代表性作家，但倾向于雨果。诚然，我非常敬重雨果，但雨果不是典型的法国人，雨果是在法国的外国人；雨果善用华丽的词藻，广泛运用隐喻，他不是法国的典型。

另一个更加奇怪的例子是西班牙。西班牙本应由洛佩·德·维加、卡尔德隆、克维多来代表。然而不是，代表西班牙的是塞万提斯。塞万提斯是与宗教法庭同时代的人，但他是个宽宏大度的人，既没有西班牙人的美德，也没有西班牙人的恶习。

仿佛每个国家都得有一个不同的人来做代表，这个人可能成为医治这个国家的毛病的某种特效药、抗毒素、解毒剂。我们自己本来可以选择萨缅托的《法昆多》作为代表，这是我们国家的书；可是没有。我们有我们的战争史，刀光剑影的历史，我们却选择了一部逃兵的记事录，我们选择了《马丁·菲耶罗》。尽管此书值得选为代表作，可是，怎么能设想我们的历史由一个征服旷野的逃兵来代表呢？然而，事情就是这样，好像每个国家都有这种需要似的。

关于书，许多作家写过非常出色的评论。我想略举一二。首先我要提到蒙田，他写了一篇谈书的散文。他在这篇散文中说过一句值得记住的话："不快乐的事我不做。"蒙田这句话的意思是说强制性阅读是错误的观念。他说，他要是在一本书里读到一段费解的话，他就放下不读，因为他把阅读看做是件开心的事。

我记得，许多年前进行过一次关于什么是绘画的民意调查。有人问到我妹妹诺拉，她回答说，绘画是一种用形态和色彩给人愉快的艺术。我可以说文学也是一种给人愉快的方式。如果我们读到一些晦涩难懂的东西，那是作者的失败。因此，我认为，像乔伊斯那样的作家基本上是失败的，因为他的作品读起来太吃力。

书不应该读起来费劲，快乐的事不应该做起来费劲。我认为蒙田说得很对。他随即列举了几位他喜爱的作家。他引证了维吉尔，说他喜欢《农事诗》更甚于《埃涅阿斯纪》，我则更喜欢《埃涅阿斯纪》，但这无关紧要。蒙田是怀着激情谈论书籍的，他说，虽然读书是一种快乐，然而读书是一种略带忧郁的享受。

爱默生说得正相反——这是又一篇有关书籍的宏论。爱默生在那次讲座中说，图书馆是一座奇妙的珍藏室。在这座珍藏室里，人类最好的精灵都像着了魔似的在昏睡，但都期待着我们用语言来打破其沉睡。我们必须把书打开，这样，精灵们就会觉醒。他说，这样，我们就能同人类产生的最优秀的分子结为伙伴，但我们不去寻找他们，却宁愿去阅读各种评论、批评而不去听他们自己说些什么。

我在布宜诺斯艾利斯大学文学哲学系当过二十年英国文学教授。我常跟我的学生说要少钻图书馆，不要去读评论文章，要直接阅读原著；也许读原著一时理解不了，但总能从中得到享受，总能听到某个人的声音。我要说，作者最重要之处是他的语调，一本书的最重要之处是作者的声音，这个声音能打动我们。

我把一生的部分时间花费在阅读上。我认为读书是一种幸福，另一种稍少一点的幸福是写诗，或者叫做创作，创作就是把我们读过东西的遗忘和回忆融为一体。

爱默生和蒙田在这一点上不谋而合：我们只应该阅读我们爱读的东西，读书应该是一种幸福。我们要在书本上多下功夫。我总是设法阅读一遍之后再读第二遍。我认为重读比初读还重要，当然为了重读必须初读。我就是这样崇拜书的。

我可以把这一点说得动情一点，但我并不愿意太动情，我愿把此当做秘密透露给诸位中的每一个人，而不是透露给大家，是透露给每一个人，因为大家这概念是抽象的，而每一个人则是真实的。

我始终不把自己当做盲人，我继续买书，不断地把书放满我的家。前些日子，有人赠送给我一套一九六六年版的《布罗克豪斯百科全书》。我感觉到了家里存放着这套书，我感到这是一种幸福。那里摆放着二十多卷书，里面有我无法阅读的哥特体字母，有我无法看见的地图和插画，但是，这部书就放在那里。我感受到了这部书包含的深厚情谊。我认为书是人们能够享受到的一种幸福。

有人在谈论书的消失，我以为这是不可能的。试问一本书和一张报纸或一张唱片之间有什么区别。区别就在于报纸读完就忘了，唱片也是听过就忘了，那是一种机械活动，因而是肤浅的；而书是为了读后永志不忘。

圣书的观念，《古兰经》、《圣经》或是《吠陀》——此书也说是吠陀创造了世界——的观念可能已经过时，但是书籍仍然保留着某种神圣的东西，我们应设法保存这种神圣的东西。拿到一本书，打开它，就产生了审美的可能性。书本里卧躺着的一大堆字是些什么东西？这些没有生命的符号是些什么东西？什么也不是。倘若我们不把书打开，书又有什么用呢？那只不过是一堆纸片和一个羊皮封面；但是，如果我们去阅读它，奇怪的事就发生了，我相信，越读变化越大。

赫拉克利特说过（我多次重述过），没有人能两次踏进同一条河流。没有人能踏进同一条河流，因为流水是变化的，但最可怕的是我们自己比流水变动得还快。我们每读一本书，书就变化一次，对书中字义的体会就不同；更何况书籍里满载着逝去的往事。

我说过我反对阅读书评，现在我要说句相反的话（说句相反的话有何不可）。《哈姆雷特》并不完全是莎士比亚十七世纪写的《哈姆雷特》了，《哈姆雷特》已是柯尔律治、歌德和安德鲁·布雷德利笔下的《哈姆雷特》。《哈姆雷特》新生了。《堂吉诃德》的情况也是如此。同样的情况也发生在卢贡内斯和马丁内斯·埃斯特拉达身上。《马丁·菲耶罗》不是同一本书。读者已丰富了书的内容。

如果我们阅读一本古书，那么我们就仿佛在阅读著书之日起到我们今天为止所经历的那段时光。因此，应该保持对书的崇敬。书里可能充满印刷错误，我们可以不赞同作者的观点，但是，书里仍然保持着某种神圣的东西，奇妙的东西。这不是提倡迷信，而确是出于寻求幸福、寻求智慧的愿望。

　　这就是我今天要跟大家讲的。

一九七八年五月二十四日

不　朽

　　威廉·詹姆斯在他的杰作之一《宗教经验类型》一书中，仅用一页谈论个人不朽问题。他宣称，对他来说这是一个小问题。

　　确实，这不像时间、知识、外界现实那样，是哲学的基本问题。詹姆斯指出，个人不朽问题与宗教问题混淆在一起。"对几乎所有人来说，对普通人来说，"詹姆斯说道，"就个人而言，上帝是不朽的缔造者。"

　　堂米格尔·德·乌纳穆诺在《生命中的悲剧意识》中，不顾别人笑话，原词原句地重复道："上帝是不朽的缔造者。"但他多次重申，他愿意永远当堂米格尔·德·乌纳穆诺。这里，我未敢苟同米格尔·德·乌纳穆诺；我可不愿意永远当豪尔赫·路易斯·博尔赫斯，我愿意成为另一个人。我希望我的死亡是彻底的，我希望肉体和灵魂一起死亡。

我不知是雄心勃勃，还是谦虚谨慎，也不知能否言之成理，我也想来谈谈个人不朽，谈谈灵魂，灵魂保存着对人间所作所为的记忆，到了另一世界依然能记忆犹新。我记得，我妹妹诺拉在家里住过一段时间，她曾说："我要画一幅画，题名《怀念人间》，表现一个幸运者到了天国因思念人间而不胜惆怅。我要以我少女时的布宜诺斯艾利斯作背景。"我写过一首题目相仿的诗，我妹妹没有读过。我想到的是耶稣，他回忆起加利利的雨，回忆起木匠间里的清香和天上从未见过的某种东西，回忆起令人怀念的星空。[1]

这种到了天上怀念人间的题材出现在罗塞蒂的一首诗中。说的是有位姑娘进了天国感到很不幸福，因为她的情人没有同她在一起；她期待他的到来，但他因有罪过而始终未能到来，她一直在期待。

威廉·詹姆斯说，对他来说不朽是个小问题；哲学的重

1　参见博尔赫斯的诗集《影子的颂歌》中《〈约翰福音〉第一章第十四节》一诗。

大问题是时间、外界现实、知识。不朽所占的地位很小，它在哲学中的地位不如在诗歌中的地位，当然，更不如在神学中的地位，或者说某些神学，不是所有的神学。

还有一个答案，那就是灵魂转世，这个答案确实富有诗意，而且比另一个答案更有意思，另一个答案是我们永远是我们，念念不忘我们过去的一切。所以我说，这是一个贫乏的话题。

我一直记得我童年时的十来个形象，并总想把它们忘掉。当我回想我的少年时，我不甘心我度过的少年，宁愿成为另一个我。同时，所有这一切都是可以用艺术加以转化，可以成为诗的题材。

全部哲学中最感人的篇章莫过于柏拉图的《斐多》。这篇对话说的是苏格拉底的最后一个下午，当时他的朋友们已得知得洛斯岛的船已到，苏格拉底那天将饮毒芹而死。苏格拉底在监狱里接见他们，他明知即将被处决。他接见了所有的朋友，只缺少一人。这里，我们读到了正如马克斯·布罗德[1]指出的那样，柏拉图生平著作中最激动人心的一句话。这

---

1 Max Brod（1884—1968），捷克出生的德语作家，因与卡夫卡为友并在后者死后编辑出版其主要作品而闻名。

句话是这么说的："我相信，柏拉图病了。"布罗德指出，这是柏拉图在他洋洋洒洒的长篇对话里唯一一处提到了自己的名字；既然柏拉图写下这句话，那他当时无疑在场——或者不在场，这并不重要——他的名字以第三人称的形式被提及；总之，这给了我们一种不确定的感觉：这伟大时刻，他是否在场。

据推测，柏拉图写下这句话是为了更加超脱，似乎在告诉我们："我不知道苏格拉底在他生前最后一个下午说了些什么，但我很希望他说过这些话。"或者说："我可以想象他说过这些话。"

我认为，柏拉图说这句话时掌握了最佳文学美感："我相信，柏拉图病了。"

接着，是令人赞叹的话语，也许这是对话中最精彩的部分。朋友们进来了，苏格拉底坐在床上，他的脚镣已被取下；他抚摸了一下膝盖，感到去掉枷锁后如释重负的愉快，他说："真奇怪。枷锁压在身上是一种痛苦。现在我感到轻松，因为我身上的枷锁已解除。愉快和痛苦并肩而行，是一对孪生兄弟。"

多么了不起呀！在那样的时刻，在生命的最后一天里，不说死到临头，而在思考愉快与痛苦不可分割。这是在柏拉图的著作中找得到的最激动人心的一段话。它向我们展示了一个大无畏的人，一个死到临头而不言死之将至的人。

后来据说那天他是被迫饮服毒药的，接着就发表了那篇对我们来说有点变了样的演说，他在演说中大谈两种存在：两种实体，即灵魂和肉体。苏格拉底说，失去了肉体，精神实体（灵魂）能活得更好，肉体只是个障碍而已。他想到了那个理论——那个理论在古代很普遍——我们都受到肉体的囚禁。

这里，我要提到英国伟大诗人布鲁克[1]的一句诗——是极好的诗句，但也许是蹩脚的哲学——他说道："在这里，在死亡之后，我们因失去双手而仍将触摸，因双目失明而仍将观看。"这是一首好诗，但我不知道作为哲学好到什么程度。古斯塔夫·施皮勒在他杰出的心理学专著中说，如果我们想到肉体的其他不幸，如伤残、脑外伤，别指望会给灵魂带来什

---

1 Rupert Brooke（1887—1915），费边社成员，第一次世界大战中参加过海军，其成名作为十四行组诗《一九一四年和其他诗篇》。

么好处。没有理由设想，肉体的灾难会给灵魂带来好处。然而，相信灵魂和肉体两种现实的苏格拉底辩解说，脱离了肉体的灵魂能够专注思考。

这使我们想起了德谟克利特的神话。据说，他为了思考，在花园里挖掉了自己的眼睛，以免外界分散他的注意力。当然这个故事是虚构的，但很动听。这是说，有这么一个人，他把肉眼所见的世界——这个五彩缤纷的世界我是看不见的——看成是影响他凝思的障碍，挖掉了眼睛才能继续静思。

现在，对我们来说，这些灵魂与肉体的观念是值得怀疑的。我们不妨简要地回顾一下哲学史。洛克说，唯一存在的东西是领悟和感觉、对这些感觉的记忆和领悟；又说物质是存在的，五官给我们提供了物质的信息。后来，贝克莱认为，物质是感觉的组合，离开了感觉事物的意识是不可想象的。红色是什么？红色取决于我们的眼睛，我们的眼睛也是感觉的组合。接着来了个休谟，他驳斥这两种假设，否认灵魂和肉体。灵魂不是某种感觉是什么？物质不是某种被感觉到的东西又是什么？如果世界上取消了名词，就只剩下动词了。正如休谟所说，我们不应该说"我想"，因为"我"是主语；应该说

"想"，如同我们说"下雨"一样。在这两个动词里，只有动作，没有主语。当笛卡儿说"我思故我在"时，也许应该这么说：有所思考，或正在思考，因为"我"本来就存在，我们没有权利去假设"我"的存在。也许应该说："思故在"。

至于说到个人不朽，让我们看看有哪些赞成这一说法的论据。我们可以举两个例子。费希纳说我们的意识，人，是由一系列的愿望、欲念、希望、忧虑组成的，这些都不属于他生命的延续。当但丁说"人到中年"[1]这句话时，他提醒我们，《圣经》建议我们活到七十岁就够了[2]。所以，当他年满三十五岁时，就得出了人生过半的看法。我们，在一生七十岁的过程中（不幸，我已超过了这个大限，我今年七十八岁了），感觉到不少事物在这一生中毫无意义。费希纳想到了胚胎，也就是未出娘胎的躯体。在躯体上长着毫无用处的腿、胳臂、手，这些都没有任何意义；只是到了生命出世之后才

---

1 原文为意大利文。
2 参见《圣经·旧约·诗篇》第九十篇第九至十节："我们经过的日子，都在你的震怒之下。我们度尽的年岁，好像一声叹息。我们一生的年日是七十岁。"

会有意义。我们应该想到我们的情况也是如此，我们满脑子的希望、担心、猜测；而这些我们在终有一死的生活中是根本不需要的。我们可以列出动物所具有的东西，动物对这一切都无所需求，可能在转世为人后才需要。这是赞成不朽说的一个论证。

我们要引述一下至上的大师圣托马斯·阿奎那的话，他给我们留下了一句名言：心灵必希永恒[1]。对此我们可以回答说，心灵也希望其他东西，往往希望休止。我们可举自杀为例，或举生活中人人需要的睡眠为例，睡眠也是一种死亡。我们可以举出以作为感觉的死亡为主题的诗歌为例。比如，这首西班牙民歌唱道：

> 来吧，深藏不露的死神
>
> 不要觉得遗憾
>
> 即使死亡的快乐
>
> 将永久夺去我的生命。

---

1 原文为拉丁文。

我们还可引用法国诗人勒孔特·德·李勒[1]的一句名诗："把他从时间、数字和空间中解放出来，还给他被剥夺了的憩息。"

我们怀有许多渴望，其中之一是对生命的渴望，对永生的渴望，但也有对休止的渴望，还有对忧虑及其对立面——希望——的渴望。没有个人不朽，这些渴望也都可以存在，所以，我们无需个人不朽。我本人不想不朽，我害怕不朽；对我来说，知道我还要活下去是可怕的，想到我还将当博尔赫斯是可怕的。我腻烦我自己，腻烦我的名字，腻烦我的名声，我想摆脱所有这一切。

我在塔西佗身上找到了某种折衷论点，这一折衷论点后来被歌德接了过去。塔西佗在他的《阿格里科拉传》中说："伟大的灵魂并不与肉体同亡。"塔西佗认为，个人不朽是专门给予某些人的馈赠：它不属于平庸之辈，而某些灵魂则是值得永垂不朽的；他认为，除了苏格拉底谈到的"忘川"之外，应该指出哪些人曾是不朽的。歌德发挥了这一思想，他

1　Leconte de Lisle（1818—1894），有"帕尔纳斯派大师"之誉，在诗歌创作中刻意追求造型艺术的美。

在他的朋友维兰德死后写道:"以为维兰德已无情死去是很可怕的。"他无法认为维兰德没有留在其他某个地方;他相信维兰德个人不朽,而不相信人人都不朽。这与塔西佗的思想异曲同工:伟大的灵魂并不与肉体同亡[1]。我们得出了这样的观念:不朽是某些为数不多的伟大人物的特权。但是每个人都自以为伟大,每个人都认为他需要不朽。我则不以为然。我认为还有其他各种不朽,这些不朽也都是非常重要的。随之而来的,首先是对转世的推测。这一推测是由毕达哥拉斯、柏拉图提出的。柏拉图把转世当做一种可能。用转世说来解释人生的幸运或不幸。如果我们一生中遇到了幸运或不幸,那要归因于前世;我们是在接受惩罚或报偿。有些事就不大好解释了:如果像印度教和佛教所信奉的那样,我们的现世取决于我们的前世;这个前世又取决于另一个前世,这样一来,我们得追溯到无限的过去。

有人说,如果时间是无限的,那么无穷数的前世岂不自相矛盾。如果说数目是无限的,那么,一个无限的东西怎么

---

1 原文为拉丁文。

会传到现在的呢？我们想，如果时间是无限的，那我认为，这个无限的时间必须包括所有的现在时间；在现在的时间中，为什么不包括你们和我一起在贝尔格拉诺大学的这一段时间呢？为什么不说现在的这段时间也是无限的呢？如果说时间是无限的，那么，我们时时刻刻都处在时间的中心。

帕斯卡认为，如果说宇宙是无限的，那么宇宙的范围是无处不及的，也就没有中心可言。为什么不说现在的后面包含了无限的过去和无限的昨天呢？为什么不认为这个过去也要经过现在呢？无论在什么时候，我们都处在一条无穷线的"中心"，无论在无限"中心"的什么地方，我们都处在空间的"中心"，因为空间和时间都是无限的。

佛教徒认为，我们都经历过无穷数的生命，无限数意义上的无穷，严格的字面意义上的无穷，一个无始无终的数目，这有点像康托尔[1]现代数学中的超限数。我们现在就处在这个无限时间的中心——任何时候都是中心。现在我们正在交谈，

1　Georg Cantor（1845—1918），生于俄国，1877 年任德国哈雷大学数学教授，建立了处理无限的基本技巧，得出了不同量的无限集合原理。1884 年精神崩溃。

你们在思考我讲的话，你们或是赞同或是拒绝接受我讲的话。

转世提供了我们这一可能性：灵魂可能由一个躯体转世到另一躯体，转化为人类，转化为植物。我们读过阿格里真托的皮耶罗的那首诗，他在诗中说，他认出了他在特洛伊战争中使用过的一块盾牌。我们读过约翰·多恩的那首诗《灵魂的进程》，多恩是稍晚于莎士比亚的诗人。多恩开宗明义说道："我歌唱无限灵魂的进程。"这个灵魂将从一个身体转到另一身体。他提出他要写一本书，这本书超过《圣经》，将比所有的书都好。他的计划雄心勃勃，虽然没有写完，但留下了非常漂亮的诗句。诗的开篇说，有个灵魂依附在苹果上，准确地说是依附在亚当的禁果上。接着又依附在夏娃的肚子里，并孕育了该隐，后来又从一个躯体转到另一个躯体，每一节诗转换一个身体（其中一节说将依附到英国的伊丽莎白女王身上），他故意不把诗篇写完，因为多恩认为灵魂是千古不朽地从一个躯体转到另一躯体。多恩在他的一篇序言中援引了一些精彩的原话，他提到了毕达哥拉斯和柏拉图关于灵魂转世的学说。他提到了两大来源，一个是毕达哥拉斯，一个是灵魂转世，后者苏格拉底曾用来当做他的最后论据。

值得指出的是，苏格拉底那天下午同他的朋友们讨论时，他不愿意忧伤地诀别。他赶走了妻子和儿女，还想赶走一位哭哭啼啼的朋友，他想镇定自若地交谈；简而言之，他想继续交谈，继续思考。个人死亡没有影响他这样做。他的工作、他的习惯与众不同：讨论问题，用不同的方式讨论问题。

他为什么要喝毒芹呢？没有任何理由。

他讲了些有趣的事情："俄耳甫斯本来应该转化成夜莺；当过统帅的阿伽门农应转化成雄鹰；尤利西斯很奇怪地转化为一个最卑贱、最无名的人。"苏格拉底滔滔不绝地讲着。死神打断了他的讲话。蓝色的死神从他的双脚上升到全身。他已服过毒芹。他对他的一个朋友说他曾发愿向阿斯克勒庇俄斯献上一只公鸡。这里有必要说明，医神阿斯克勒庇俄斯治愈了最重的病——生命。"我欠了阿斯克勒庇俄斯一只公鸡，他救我脱离了生命，我要去死了。"这就是说，他否定了自己过去说过的话：他认为他要亲自赴死。

我们还可援引另一篇经典作品，卢克莱修的《物性论》，诗中否定了个人不朽。卢克莱修列举的理由中最令人难忘的一点是：人都抱怨要死，认为任何未来都对他关上大门。正如雨果所说："我将在节日里独自退场 / 这流光溢彩的幸福世界什么也不会少。"卢克莱修在他那篇像多恩一样雄心勃勃的伟大诗作《物性论》中运用了如下论证，"你们为丧失未来而痛心；然而，好好想想吧，你以为你面前有无限的时间。当你出生时，"他对读者说，"迦太基和特洛伊为争夺世界帝国而征战的时刻已经过去。然而，这已与你无关，那么，未来发生的事又与你有什么关系呢？你既已失去了过去的无限，再失去未来的无限又有什么关系呢？"卢克莱修的诗里是这么说的。可惜我不大精通拉丁文，记不住他那些美丽的诗句，这几天里我是借助词典阅读的。

叔本华——我认为叔本华是最高权威——反驳说，转世论只不过是另一种不同学说的通俗说法，这一不同学说也许就是后来萧伯纳和柏格森的学说，即所谓生命意志的学说。存在某种希望活着的东西，存在某种通过物体或不用物体开辟道路的东西，这东西就是叔本华所谓的 Wille（意志），它赋予世界复活的愿望。

接着要援引萧伯纳，他谈到了 the life force（生命力）。最后要援引柏格森，他大谈 élan vital（生命冲动），说生命冲动反映在所有的事物上，它创造了宇宙，它依附在我们每个人身上。生命冲动犹如金属的耗损，植物的休眠，动物的睡眠；但在我们身上它对自己有清醒的认识。这里，我们再次引述一下圣托马斯的解释：心灵必希永恒。可是，想用什么办法来永恒呢？不是想以个人方式永恒，不是想按照乌纳穆诺的意思永恒，乌纳穆诺希望永远当乌纳穆诺；而是想以普遍的方式永恒。

我们的自我，对我们来说是最无关紧要的。我们的自我感觉意味着什么？我感到我是博尔赫斯与你们感到你们是甲、乙或丙，会有什么区别？没有任何区别，一点也没有。那个我是我们大家共有的，是以这样或那样的方式存在于所有人中间的。于是我们可以说不朽是必要的，但不是个人不朽。比如说，每当有人爱上了敌人，就出现了耶稣的不朽。这时他就成了耶稣。每当我们重读但丁或莎士比亚的某一句诗时，在某种意义上我们也成了创作这诗句时的但丁或莎士比亚。总之，不朽存在于别人的记忆之中，存在于我们留下的作品之中。如果这部作品被人遗忘了，那又有什么关系呢？

我在这最近二十年里一直在研究古代英语诗歌，许多古代英语诗歌我都能倒背如流。我唯独不知道的是这些诗人的名字。这有什么关系呢？如果说我在重读十九世纪诗歌时感到我成了那个世纪的某个人，那有什么关系呢？在这一忽儿工夫，他就活在我身上，我就不等于那个已亡故的人。在某种意义上，我们每个人都是过去已作古的人。这不仅限于和我们属于同一血统的人。

诚然，我们继承了我们血统里的一些东西。我知道——是我母亲告诉我的——每当我诵读英国诗时，我的声调酷似我父亲（我父亲死于一九三八年，与卢贡内斯同年逝世）。当我重读席勒的诗句时，我父亲就活在我身上。其他听过我朗读的人将活在我的声音中，我的声音是我父亲声音的反映，我父亲的声音也许是比他更年长者的声音的反映。我们由此能得知什么呢？那就是说，我们可以相信不朽。

我们每个人都在用这种或那种方式在这个世界上进行合作。我们每个人都希望这个世界更加美好。如果世界真的变得更加美好了，那将是永久的希望；如果祖国得到了拯救（为什么祖国不需要拯救呢？），那我们都将在这场拯救中千古不朽。不管我们的名字是否被人知晓。这无关宏旨。最重要的是不朽。这种不朽体现在著作中，留存在别人的记忆中。这一记忆可能是微不足道的，可能只是一句随便说说的话。比如说："像他这样的人，相见相遇不如失之交臂。"我不知是谁第一个想出了这句话，每当我重复这句话时，我便成了那个人。假如说他活在我身上，活在每一个重复这句话的人身上的话，那么这位名不见经传的仁兄已经故世了又有什么关系呢？

同样的道理也可以运用在音乐和语言上。语言是创造出来的，语言向来是一种不朽的东西。我一直在使用西班牙语。有多少亡故的西班牙人活在我身上？我的意见也好，我的看法也好，都无所谓；过去人的姓名也都无所谓；只要我们继续不断为世界的未来，为不朽，为我们的不朽做出有益的事来。这种不朽没有理由是个人的，可以不必追究姓甚名谁，可以不留存在我们的记忆之中。何必总要推测我们下一辈子里别人还记不记得我们呢？就好像我终生念念不忘我在巴勒莫、在阿德罗格或在蒙得维的亚度过的童年似的。为什么总在留连这些呢？这是一种文学技巧；我可以忘掉这一切，我还是我，这一切都将留在我的心上，虽然我不提它的名字。

也许最重要的倒是那些我们记得不很准确的东西；也许最重要的是我们下意识记住的东西。

最后，我要说，我相信不朽：不是个人的不朽，而是宇宙的不朽。我们将永垂不朽。我们的肉体死亡之后留下我们的记忆，我们的记忆之外留下我们的行为，留下我们的事迹，留下我们的态度，留下世界史中这一切最美好的部分；虽然我们对此已无法知道，也最好不去知道。

一九七八年六月五日

伊曼纽尔·斯维登堡

　　伏尔泰说过，历史上最了不起的人物是卡尔十二世。我要说：也许最了不起的人物——如果我们可以使用最高级形容词的话——是卡尔十二世的臣民中最神秘的一个人，伊曼纽尔·斯维登堡。关于他，我想说几句话，还要谈谈他的学说，对我们来说，他的学说至关重要。

　　伊曼纽尔·斯维登堡一六八八年生于斯德哥尔摩，一七七二年在伦敦逝世。他活得很长，如果考虑到当时人的寿命都很短的话，他算是长寿了，他活到几乎快满一百岁了。他的一生分为三个时期。这是三个活动十分紧张的时期。有人计算过，每个时期大约为二十八年。他一开始就是个勤奋好学的人。斯维登堡的父亲是位新教路德宗的主教，斯维登堡受的是路德宗思想教育。据知，这一教派思想的基础是通过恩典得到拯救；对此斯维登堡并不以为然。他宣扬的新教派体系主张通过行动得救；而行动不一定就是做弥撒或参加宗教仪式，而是真正的行动。一个人要全身心地参加行动，也就是说，连他的精神也要参加，更有意思的是还应包括他的智慧。

就是这么一个斯维登堡，最初当过教士，后来又对科学发生了兴趣。他特别对科学实验感兴趣。后人发现，他早在后来的许多新发明之前就产生过这些念头了，例如康德和拉普拉斯的星云假说[1]。后来，斯维登堡跟达·芬奇一样，设计过一种能在空中飞行的运载工具。他明知这是白费力气，但他还是把这看成可能是制造我们今天称之为飞机的那种东西的起点。他也同培根预见的那样，设计过水下行走的工具。不久他又对矿物学发生了兴趣——这也是很奇怪的事。他在斯德哥尔摩当过矿产品贸易的顾问。他对解剖学也产生了浓厚兴趣。他像笛卡儿一样，研究过哪里是沟通精神与肉体的

1　即太阳可能起源于星云的猜想，由德国哲学家康德和法国天文学家拉普拉斯分别在 1755 年和 1796 年提出，史称"康德-拉普拉斯星云假说"。

准确契合点。

爱默生说过："我深感遗憾地说，他给我们留下了五十卷著作。"这五十卷著作中，至少有二十五卷是关于科学、数学、天文学的。他拒绝在乌普萨拉大学天文系任教，因为他不愿意空谈理论。他是个崇尚实践的人。他当过卡尔十二世的军事工程师，国王十分器重他。他以双重身份赢得了荣誉：英雄和预测未来大师。斯维登堡设计出了一种能使船只登陆的机器，曾运用到卡尔十二世一次神话般的战争中，对此伏尔泰作过精彩的描述。瑞典人沿着二十英里的海岸线搬运战舰。

后来他迁居伦敦，他在那里钻研木工、家具制作、印刷、工具制造等技艺。他也绘制地球仪上的地图。这就是说，他是位杰出的实干家。我记得爱默生说过一句话，他说："没有比斯维登堡的一生更实际的了。"我们有必要知道这点，我们要学习他那种科学和实践相结合的做法。此外，他还是位政治家，当过王国的参议员。他五十五岁时已出版了大约二十五部关于矿物学、解剖学和几何学的著作。

那时候发生了一件他一生中头等重要的大事。这件大事就是一次启示。他是在伦敦受到那次启示的，好像是在梦中接受的。他做过的一些梦，这些梦记载在他的日记里。这些梦的内容没有公开发表，但我们知道是一些性爱的梦。

后来圣灵出现了，有人把这事说成是他已到了疯狂的边缘。但是他的作品表明他头脑十分清醒，这一事实否定了那种说法，我们任何时候都感觉不到他是个疯子。

当阐述他的学说时，他写得清清楚楚。他说在伦敦，有一个陌生人在街上尾随他，直至闯入他的家中，自称就是耶稣，告诉他教会正在没落——如同耶稣基督出世时犹太教正在没落一样，说他有责任更新宗教，创建一个第三宗教，耶路撒冷教。

这一切听起来似乎荒诞不经，难以置信，但我们是在斯维登堡的著作中读到的。这部著作题材十分广泛，文思冷静沉着。他无时无刻不在推理思考。我们可以引用爱默生的那句话，他说："辩论说服不了任何人。"斯维登堡却十分镇定而权威地把这一切阐述得清清楚楚。

耶稣对他说，要委托他担负起更新宗教的任务，并说允许他访问另一个世界，即幽灵的世界，那里有无数天国与地狱，说他有责任研究《圣经》。他在动手写作之前，先花了两年工夫学习希伯来文，因为他希望阅读原文。他重新研究了全文，他相信他有点像喀巴拉学者孜孜以求那样，在《圣经》原文里找到了他的学说的根据。

首先，让我们看看他对另一世界的看法，他对他信奉的个人不朽的看法；我们看到所有这一切都是建立在自由意志的基础之上的。在但丁的《神曲》——这是一部美丽的文学作品——里，人的自由意志在死亡之时终结。凡是过世的人都要受到一个法庭的审判，宣判升入天国，还是进入地狱。然而，在斯维登堡著作中根本没有这回事。他告诉我们，人死时并不意识到自己已死，因为周围的一切依然如故。他仍住在自己家里，朋友们来看望他，他在家乡城里的街道上徜徉，他不认为自己已死；但后来开始有所觉察。他开始觉察到有点异样，先是高兴，继而恐慌：在另一世界里一切都比现实世界显得更加生动。

我们一向认为另一世界是模糊不清的；但斯维登堡告诉我们情况正好相反，说在另一世界里感觉要生动得多。比如说，颜色就分外鲜艳。假如我们认为在斯维登堡的天国里，天使们无论什么姿势，脸都是朝向天主的，那么，我们也可以想象出某种四维空间来。总而言之，斯维登堡一再告诉我们，另一世界比我们这个世界生动逼真得多。在另一世界里，色彩更加丰富，形式更加多样。一切都比这个世界更加具体确切，更加触摸得到。据他说，正因如此，与他无数次遨游天国和地狱时所见到的那个世界相反，我们这个世界仿佛是一片阴影。我们好像生活在阴暗之中。

这里，我想起了圣奥古斯丁的一句名言。圣奥古斯丁在《上帝之城》中说，毫无疑问，在天堂里得到的快感要比这里强烈得多，因为不能设想人死后什么都没有得到改善。斯维登堡也是这样认为的。他谈到了另一世界的天国和地狱里的肉欲快感，他说要比这个世界里的更加生动强烈。

一个人死了，会发生什么事呢？一开始他并不意识到自己已经死了。他继续忙他的日常事务，接待朋友们的来访，同他们聊天。人们慢慢地感到一切都更加生动逼真，更加色彩艳丽，开始警觉起来。那人想了：我过去一直生活在阴暗之中，现在却生活在一片光明之中。这可能使他一时感到快乐。

后来，一些陌生人接近他，同他聊天。这些陌生人就是天使和魔鬼。斯维登堡说，天使并非上帝创造，魔鬼也不是上帝创造的。天使是人升华而成的；魔鬼是人堕落而成的。因此，天国和地狱里的居民是由人组成的，这些人就是现在的天使和魔鬼。

于是，天使们与死者接近。上帝没有宣判什么人进地狱。上帝希望所有人都得救。

但同时上帝也给了人自由意志，这是一种可怕的特权，让人判决自己该下地狱，还是应升天国。这就是说，按照正统说法，自由意志在人死的时候终结，而斯维登堡则认为人死后依然可以保持自由意志。这里有一个中间地带，即幽灵的地带。在这个地带里，有活人，有死后的灵魂，他们既同天使、又同魔鬼交谈。

抉择的时刻终究会来到，这个时刻可能是一星期，可能是一个月，可能是好多年，我们说不上多长时间。这个时刻一到，这个人就得决定成为魔鬼，或者成为天使。其中一个选择该下地狱。这个地带先是山谷，后是裂缝。这些裂缝可能在下面，也可能在上面：下面的通向地狱；上面的通向天国。这个人寻找与他合得来的人，与之交谈，同他们结伴。

如果此人有魔鬼般的性格，他就愿与魔鬼为伍。如果他有天使般的气质，便会选择与天使为友。你们若想得到一个比我更有说服力的解释，可以在萧伯纳的《人与超人》第三幕里得到满意的解答。

有意思的是，萧伯纳从来不提斯维登堡。我相信，他能不提斯维登堡，是通过布莱克，或通过他自己的学说，接受了斯维登堡的学说。因为在约翰·塔纳的体系里提到了斯维登堡的学说，但没有点出他的名字。我猜想，这不是萧伯纳的不诚实行为，萧伯纳是真诚相信他的。我猜想，萧伯纳是通过布莱克得出相同结论的，布莱克试验过斯维登堡预言的拯救学说。

好了，再说说人与天使交谈，人与魔鬼交谈，至于是前者还是后者对他更有吸引力，要看他本人的气质。那些被判下地狱的人——上帝可没有判谁——是被魔鬼吸引过去的。那么，地狱是什么样的呢？据斯维登堡说，地狱有好多方面。有对我们的一面，也有对天使的一面。地狱是些沼泽地带，那里的城市都像遭受了火灾似的破败不堪；但那些被判下地狱的人却感到很幸福。他们是按照他们的方式感到幸福的，也就是说，他们之间充满了仇恨，在这个没有君主的王国里，他们无休无止地尔虞我诈。这是一个政治卑下、充满阴谋诡计的世界。这就是地狱。

我们再看看天国，那里的情况正好与地狱相反。据斯维登堡说——这是他学说中最难理解的部分——在邪恶势力和善良势力之间要有一种平衡，这是世界得以存在下去所必需的。在这一平衡中，总是上帝在掌管。上帝让地狱中的幽灵留在地狱中，因为他们只有在地狱中才感到幸福。

斯维登堡为我们举了一个魔鬼幽灵升入天国的例子，说这个幽灵闻到了天国的馨香，听到了天国里的交谈。他感到这一切都很可怕。他感到馨香是恶臭，光明是黑暗。于是，他又回到了地狱，因为只有在地狱里他才感到幸福。天国是天使们的世界。斯维登堡又说，地狱有魔鬼的方式，天国有天使的方式。天国是由天使社会组成的，上帝就在天国里。上帝以太阳为代表。

因此，太阳代表上帝，最糟糕的地狱是西边和北边的地狱，东边和南边的地狱则比较温顺。谁也没有被判处下地狱。每个人寻找他喜欢的群体，寻找他喜欢的伙伴，按照他生前的欲望寻找伙伴。

进入天国的人有一个错误的观念。他们以为在天国里他们仍将要继续不断地祷告；他们被允许进行祷告，几天或几个星期之后他们厌烦了，他们感到这不是天国。于是他们便向上帝谄媚、赞美。上帝是不喜欢阿谀奉承的。他们对向上帝谄媚也厌烦了，于是他们以为同他们的亲人交谈可能会很愉快，但不久之后他们知道那些亲人和杰出的英雄们在另一世界里跟生前一样地讨人嫌。他们对此感到厌烦了，于是他们参加天国里的真正活动。说到这里，我想起了丁尼生的一首诗，他说灵魂不喜欢坐在镀金椅子上，只喜欢我行我素，永无休止。

这就是说，斯维登堡的天国是爱的天国，尤其是劳动的天国，利他主义的天国。每个天使都为其他天使做事，所有人都为他人做事。这不是一个消极的天国，也不是一个索取报酬的天国。如果一个人具备天使般的气质，他就可以升入这个天国，他在那里会感到很舒心。但是，斯维登堡的天国有一个十分重要的不同之处：他的天国是一个突出智慧的天国。

斯维登堡讲述了一个终生期盼能升入天国的人的动人故事。这个人为了能进天堂，他放弃了所有的情欲享受，他隐居在一个荒无人烟的地方，在那里他断绝了一切欲念，他祈祷，祈求进入天国。就是说，他的生活越来越贫乏起来。这个人死的时候发生了什么事呢？他死后进了天国，在天国里他却无所适从。他设法倾听天使们的交谈，但听不懂他们谈些什么。他设法学习艺术，设法听懂一切。他什么都想学，但什么都学不会，因为他太贫乏了。他只是一个正直的人，但是个智力贫乏的人。于是他被赋予投射一种形象——沙漠——的能力，他在沙漠里像在人间一样进行祈祷，但他并未脱离天国。他通过忏悔懂得了为什么他不配生活在天国里，因为他前世的生活太贫乏了，因为他拒绝了享受，拒绝了生活的乐趣，这也是不好的。

这就是斯维登堡的革新之处。因为他一向认为拯救带有伦理性质。一般认为，一个人若是正直就能得救，"天国是精神贫乏者的王国"，如此等等。耶稣就是这么晓谕人间的。但斯维登堡考虑得更远。他说光做正直的人是不够的，一个人也须在智力方面得到拯救。尤其，他想象中的天国应是天使们交谈神学的地方。如果一个人听不懂这些谈话，就不配进入天国。这样，他就应该离群索居。布莱克加以发挥，提出了第三种拯救。他说，我们可以，也必须通过艺术得到拯救。布莱克解释道，基督也是位艺术家，因为他不是用语言而是用寓言进行布道的。寓言当然是美学表现。这就是说，拯救要通过智慧，通过伦理和通过运用艺术才能得到。

这里，我们可以引用几句布莱克的话，他在一定程度上简化了斯维登堡冗长的论述，比如他说："傻瓜进不了天国，哪怕他是圣徒。"又如说："应该舍弃圣洁；应该赋予智慧。"

这么一来，我们就有了三个世界。一个是幽灵的世界，过了一段时间，有人应升入天国，有人应下地狱。地狱实际上由上帝支配，上帝需要这种平衡。撒旦只不过是一个地区的名字。魔鬼只不过是变化无常的人物，整个地狱世界是个尔虞我诈、互相仇恨、你争我斗的世界。

于是，斯维登堡同天堂里的各种人，同地狱里的各种人交谈。这一切都有助于他创立新教派。斯维登堡做了些什么呢？他自己并不布道，只发表著作，而且不具真名，他用简朴而枯燥的拉丁文写作。他传布这些著作。斯维登堡就这样度过了他一生中的最后三十年。他住在伦敦，过着十分俭朴的生活。他只喝牛奶，只吃面包和蔬菜。偶尔，有朋友从瑞典来，他才给自己放几天假。

他初来伦敦时想结识牛顿，因为他对新天文学和万有引力定律非常感兴趣，但他始终未能见到牛顿。他对英国诗歌的兴趣很浓，在他的著作中提到过莎士比亚、弥尔顿等人。他赞赏他们的想象力，这说明他极富审美感。我们知道，当他周游列国时——他游遍瑞典、英国、德国、奥地利、意大利——总要参观工厂，访问贫民区。他酷爱音乐。他是那个时代的绅士，成了富翁。在他伦敦家中（房子前不久拆毁），用人们住在底层，他们常常见他与天使们交谈，或同魔鬼们争论。他在对话时不容许别人嘲笑他的观点，但也从不把自己的想法强加于人，不愿强迫别人接受他的观点，谈不拢就转移话题。

斯维登堡与其他神秘主义者有一个根本不同点。就拿圣十字若望[1]来说吧，我们读到他有关迷醉的十分生动的描写。

1　San Juan de la Cruz（1542—1591），西班牙神秘主义者，罗马天主教圣人。

他用色情经验或以醉酒作比喻来描写迷醉。例如，有一个人遇见了上帝，上帝与他本人长得一样，于是作了一系列隐喻式的描写。但在斯维登堡的作品里找不到一点这方面的影子。在他的作品中，说的是有个游客在陌生的国土上漫游，从容而细腻地描写异国他乡的情景。

所以读他的作品开始并不完全有趣，是从令人惊奇而逐渐感到有趣。我读过斯维登堡译成英文并列入"人人文库"出版的四卷著作。我听说还有一套国家出版社出版的西班牙语译作选集。我看到过一些关于他的评述，尤其是爱默生的那篇精彩演讲。爱默生作过一系列关于各种代表性人物的讲演。他提出："拿破仑是世界人物；蒙田是怀疑论者；莎士比亚是诗人；歌德是文豪；斯维登堡是神秘主义者。"这是我读到的第一篇介绍斯维登堡著作的文章。爱默生这篇令人难忘的演说最后并不完全同意斯维登堡。有些方面还持反对态度，也许这是由于斯维登堡写得太细致、太教条了。因为斯维登堡多次强调事实，重复同一思想，从不运用类推法。他是一个旅行者，走遍了一个非常奇怪的国家，访问了无数地狱和天国，并对此作了详细描述。现在让我们再看看斯维登堡的另一题目：《对应论》。在我看来，他设计这些对应关系是为了让他的学说在《圣经》中找到根据。他说，《圣经》中的每个词至少有两重意思。但丁则认为每个章节都有四重意思。

一切取决于如何阅读和解释。比如，如果谈到光明，那么光明对他来说就是一种隐喻，光明显然是真理的象征。马匹意味着智慧，因为马匹把我们从一个地方带到另一个地方。他把一切都看成是一个对应的体系。在这方面，他很像喀巴拉神秘主义者。

最后，他形成一个观念：世界万物无不建立在对应的基础之上。创作是一种神秘的写作，是一种我们应该破译的密码。他说，所有事物实际上都可用言语表达，除非是一些我们没有理解的和只停留在字面上的东西。

我想起了卡莱尔那句可怕的名言，他从阅读斯维登堡的著述中得益匪浅，他说："世界史是一部我们必须阅读并不断续写的作品。"此话不假，我们一直在不停地目睹世界历史，我们都是世界历史的演员。我们也都是文字，我们也都是象征："世界史是一部描写我们的奇书。"我家中藏有一部对应词典，我可以寻找《圣经》中任何一个词，看看哪一个是斯维登堡赋予的精神含义。

他当然特别相信通过行动得到拯救。通过行动获得拯救不仅是精神的，也是思想的。通过智慧赢得拯救。天国在他看来首先是个长期进行神学思考的天国，尤其是天使们总在交谈。但是天国里也充满了爱。天国里允许结婚，天国里允许人间的七情六欲。他不愿否定这一切，也不愿贫乏得一无所有。

现在已产生了一个斯维登堡派教会。我相信，在美国的某地有一座玻璃结构的教堂，在美国、英国（尤其在曼彻斯特）、瑞典和德国拥有成千上万的信徒。我知道威廉和亨利·詹姆斯的父亲是斯维登堡派的。我在美国见到过一些斯维登堡的信徒，在美国有一个团体还在出版他的著作，并把这些作品翻译成英文[1]。

奇怪的是，斯维登堡的著作虽已翻译成多种文字——包括印度文和日文——但没有扩大影响，并没有形成他所期望的那种革新。他想创建一个新教派，这一新教派隶属于基督

---

1 博尔赫斯曾为美国纽约新耶路撒冷教堂印行的斯维登堡《神秘主义著作》作序。

教，就像新教曾隶属于罗马教会一样。

他局部地否定这两个教会。然而，他没有扩大本应扩大的广泛影响。我想，这一切部分地归因于斯堪的纳维亚的命运，凡是发生在那地区的事情都好像只是个梦，都仿佛发生在水晶球里似的。比如，维京人比哥伦布发现美洲早了好几百年，好像什么事都没有发生过似的。写小说的艺术本来起源于冰岛的中世纪北欧传说《萨迦》，这一创新却没有流传开来。我们可以举出一些本应成为世界性的人物——例如卡尔十二世，可是我们只想到了其他的征服者，而他们的武功战绩也许远不如卡尔十二世。斯维登堡的思想本来应该引起世界各地教会的革新，但由于斯堪的纳维亚命运使然，仅仅是个梦想而已。

我知道，国家图书馆里有一本《论天国、地狱及其奇迹》，但在一些神学书店里却找不到斯维登堡的著作。然而，他是一位比其他人复杂得多的神秘论者，其他的神秘论者只告诉我们，他们有过迷醉的经验，甚至试图以文学形式传达出来。斯维登堡是第一位到过另一世界的实地考察者，对这位实地考察者我们应当认真对待。

至于但丁，他也向我们描述了地狱、炼狱和天堂里的情景，我们理解这是一种文学虚构。我们不能真正相信他叙述的一切是他的亲身经历。此外，他还受到了韵文的束缚；他未能好好试验韵文。

至于斯维登堡，我们可以阅读他的鸿篇巨制。我们读过他的著作如《上帝的基督教》，我要向大家特别推荐这本关于天国和地狱的书。这本书已翻译成拉丁文、英文、德文、法文，我想也已译成西班牙文。他在这本书里把他的学说解释得一清二楚。那种认为此书出自一个疯人之手的说法是荒唐的，疯子是不可能写得这么头头是道的。而且，斯维登堡生活也发生了变化，他放下了全部科学著作。他认为，研究科学正是为写作其他方面的神秘主义著述做准备。

他访问了天国和地狱，同天使和耶稣进行了交谈，然后用平静无漪的散文向我们讲述这些见闻，首先，他的文体十分清晰，没有隐喻，不加夸饰。书中讲述了许多令人难忘的、亲身经历的奇闻轶事，例如我给你们讲过的那个希望能进天国而只配待在沙漠里的人，因为他的生活太贫乏了。斯维登堡吁请我们通过丰富的生活得到拯救；通过正义，通过美德，也通过智慧得到拯救。

最后再提一下布莱克，他还说，一个人为了得到拯救，也应成为艺术家。这就是说要有三重意义的拯救：我们要通过善行，通过正义，通过抽象的智慧以及艺术的应用得到自我拯救。

一九七八年六月九日

侦 探 小 说

有一本书，书名叫《新英格兰的兴盛》，作者范·威克·布鲁克斯，讲的是一桩只有占星术才能解释得清楚的怪事：十九世纪上半叶在美国一个不大的地方涌现出了一大批天才人物。显然，我对这个"新英格兰"情有独钟，它什么都来自那个"老英格兰"。要列出一张长长的人物名单来并不困难，我们可以举出的名字有：狄金森、梅尔维尔、梭罗、爱默生、威廉·詹姆斯、亨利·詹姆斯，当然还有埃德加·爱伦·坡，他出生于波士顿，我想是一八〇九年吧。正如大家所知，我记日子的能力不强。谈论侦探小说就是谈论爱伦·坡，是他首创了这一文体；不过，在谈论文学体裁之前，应该先讨论一个小小的前提问题：存不存在各种文学体裁?

大家知道，克罗齐在他的《美学新论》——他极妙的《美学新论》——的一些篇章中说道："确定一本书是小说、寓言还是美学专著，这与告诉你这本书是黄色封面以及我们可在左边第三个书架找到它差不多是同一个意思。"就是说，他否认文学体裁，只承认每本书的特色。对此值得指出，尽管每一本书的确各有特色，但是若把各种书的特色都说得具体明确，无疑等于概括出了各种书的特色。当然，我的这个论断是就一般而言，不足为凭。

思考就是概括，我们正需要这些有用的柏拉图式的原型来确定某些东西。所以，为什么不能说存在各种文学体裁呢？我要补充一点个人看法：也许，文学体裁与其说取决于作品本身，还不如说取决于阅读这些作品的人的看法。审美需要读者与作品两者相结合，只有这样才能产生文学体裁。那种认为一本书仅仅就是一本书的看法是荒谬的。书之存在是在读者开卷之时。此时才产生审美现象，有的人可能以为一本书问世之时似乎就产生审美现象了。

现今存在一类读者，侦探小说的读者。这类读者世界各国都有，数以百万计，他们是爱伦·坡制造出来的读者。我们不妨假设并不存在这类读者；或者我们做一个更加有趣的假设，说有那么一个人离我们很远，他可能是个波斯人，是个马来西亚人，是个乡下人，是个小孩，是个听人说过《堂吉诃德》是部侦探小说的人。我们设想，这个假设中的人已读过一些侦探小说，现在开始阅读《堂吉诃德》，那么，他读到了什么呢？

"不久以前，有位绅士住在拉·曼却的一个村上，村名我不想提了……"这位读者早已满腹狐疑，因为大凡侦探小说的读者都不肯轻信，对什么都疑神疑鬼，都犯一种特殊的疑心病。

比如，他读道："住在拉·曼却的一个村上……"他当然会猜想这事不一定真的发生在拉·曼却。接着便想："村名我不想提了……"为什么塞万提斯不想提呢？因为塞万提斯无疑就是凶手、作案人。"……不久以前……"可能以后发生的事情比不久前发生的更加令人毛骨悚然。

侦探小说制造了一种特殊的读者。人们在评价爱伦·坡的作品时往往忘记这一点，因为如果说爱伦·坡创造了侦探小说的话，那么他也随即制造了这种虚构的侦探故事的读者。为了了解侦探小说，我们应该知道爱伦·坡一生总的情况。我认为，爱伦·坡是位了不起的浪漫主义诗人，而且在读了他的全部著作而不是几篇著作之后，我们更会感到他的了不起。他的散文比他的韵文还要了不起。爱伦·坡的韵文给我们留下了什么印象呢？我们看到了爱默生对他这样的评语：可以称他为 the jingleman，叮当作响的人，富有声韵美的人，我们感到他是个小小的丁尼生，虽然他也留下了许多令人难忘的诗句。爱伦·坡善于制造悬念，爱伦·坡的笔下产生了多少故事？

可以说，有两个人，如果缺少了他们，今天的文学将是另一个样子。这两个人都是美国人，上个世纪的人：一个是惠特曼——由他衍生出我们所谓的平民诗，衍生出聂鲁达，衍生出这么多的事来，有好事，也有坏事；另一个是爱伦·坡，由他衍生出波德莱尔的象征主义，波德莱尔是爱伦·坡的门生，每天晚上都向他祈祷。此外，还衍生出了两件看似相距甚远而其实不然的事，两件相似的事：衍生出了作为智慧结晶的文学观念和侦探小说。前者——把文学当做智力而非精神的运作——是十分重要的。后者则微不足道，尽管侦探小说曾孕育出多位伟大作家（我们想到了斯蒂文森、狄更斯、切斯特顿——爱伦·坡最好的继承人）。这类文学可能现已变得等而下之，而且事实上正在走下坡路；时下侦探小说已被科学幻想小说超越或取代。爱伦·坡可能也算得上是科幻小说的开山鼻祖之一。

让我们回头再来谈谈这一观念：诗是智力的产物。这个观念与所有的传统观念大相径庭，过去一向认为诗是精神的运作。我们可举出一个很好的实例：《圣经》。《圣经》集不同作者、不同时代、很不相同题材的作品于一体，而又把这一切都归属一个无形的人物：圣灵。据说，由圣灵、上帝或无穷智慧口授，而由各个时期各个国家的笔录者写成各种作品。这些作品诸如玄学对话（《约伯记》）、历史（《列王纪》）、神谱（《创世记》）以及先知箴言。所有这些作品各不相同，而我们读起来似是出自一人手笔。

我们如果是泛神论者的话，也许不必过分认真考虑我们现在都是些不同的个人，因为我们都是无穷神灵的不同组成部分。也就是说，所有的书都是圣灵写出来的，圣灵也在阅读所有的书，因为圣灵在不同程度上存在于我们每个人身上。

现在再谈谈爱伦·坡。据说，他的一生很是不幸，四十岁就过世了，生前一直沉湎于酒精和忧伤之中，深受神经症的折磨。我们不必去深究他得神经症的根由，只需知道爱伦·坡是个命运不济、非常倒霉的人就够了。为了摆脱不幸，他展示他的辉煌，强调他的智慧。爱伦·坡被认为是位伟大的浪漫主义诗人，一位天才的浪漫主义诗人，尤其在他不写韵文而写散文的时候，比如说他写了《亚瑟·戈登·宾》（*Arthur Gordon Pym*）的故事。我们可以看出，第一名字亚瑟（Arthur）是撒克逊人名，即埃德加（Edgar）；第二名字戈登（Gordon）是苏格兰人名，即爱伦（Allan）；最后姓氏宾（Pym），即坡（Poe）；这是三个等同词。爱伦·坡自诩机智过人，而戈登·宾则吹嘘自己是个善于判断、老谋深算的人。爱伦·坡写了那首我们熟知的著名诗篇，也许我们太熟悉了，虽然这并不是他写得最好的诗里的一首，诗名《乌鸦》。后来他在波士顿作了一次报告，解释了他怎么想起写这个题目的。

他首先考虑到叠句的妙处，继而想到英文的语音特点。他认为，英语中最好记和最有用的两个字母是 o 和 r；于是立即想起用 nevermore（永不再）这个短语。这是他一开头就想到的，接着产生了另一个问题，得找出一个一再使用这个词的理由来，因为一个人在每节诗尾都要有规则地重复"永不再"这句话是很奇怪的，于是萌生了利用一只会说话的鸟的念头。他想到了鹦鹉，但又觉得把鹦鹉写进严肃的诗里不够雅致，于是想到了乌鸦。那时他正在阅读狄更斯的《巴纳比·拉奇》，书里就有一只乌鸦。这样，他就采用了乌鸦，取名 Nevermore，诗中不断重复这个乌鸦的名字。这就是爱伦·坡创作之初的全部构思。

接着，他想：什么事情最悲惨，最能感人肺腑呢？应该是一位美丽女子的香消玉殒。谁会因此而痛不欲生呢？当然是这个女子的情人喽。于是他想到给这个痛失未婚妻的情郎哥取个名字叫 Leonore，以便与 Nevermore 押韵。这个情郎哥该处在什么地方呢？于是他想：乌鸦是黑的，什么地方最能衬托出黑色呢？必须用白色作衬托；大理石半身雕像是白的，那么可能是谁的胸像呢？应该是智慧女神雅典娜的半身雕像，这座雕像可能放在什么地方呢？在图书馆里。爱伦·坡说，至此他的诗作诸事俱备，就缺少一个封闭的场所了。

于是他把密涅瓦的雕像安置在一所图书馆里。那位情郎哥就待在那里，他在图书的包围之中形影相吊，为心上人的死去长吁短叹，情思绵绵。接着，乌鸦进来了。乌鸦为什么进图书馆？因为图书馆是个静谧的地方，应该有点喧闹的东西与之形成对比，于是他又设计了一场暴风雨，设计了在一个风雨交加的夜晚，闯进了那只乌鸦。

那人问乌鸦叫什么名字，乌鸦答称："Nevermore."那人为了自找痛苦折磨自己，一问再问乌鸦叫什么名字，好让它一次又一次地回答：Nevermore，nevermore，nevermore（永不再）。最后，他对乌鸦说了一句可以理解为本诗中第一个隐喻的话："我要把你的尖喙从我心中挖去，要把你的形体逐出门外。"那只乌鸦（它仅仅是个回忆的象征，一个挥之不去的不幸回忆的象征）依然回答道：Nevermore。那人知道他已命中注定要在同乌鸦对话中了此残生，度过他这梦幻般的一生，听着乌鸦回答他"永不再"，他仍要不断向它提出这个早已答复的问题。这就是说，爱伦·坡要让我们相信，他是以机智的方式写下这首诗的；但是，我们只需稍稍留意一下这个情节就可知道一切都是杜撰的。

爱伦·坡如果借用的不是乌鸦，而是一个傻子或一个酒鬼，那么，他可能会给人一个不合情理的观念，我们读到的将是一篇完全不同和难以解释的诗作。我认为，爱伦·坡可以为自己的聪慧而感到骄傲，他为自己复制了一个替身，他选择的是一个遥远的人物——此人我们大家都很熟悉，无疑还是我们的朋友，虽然他本人并不想成为我们的朋友。此人是位绅士，叫杜宾，文学史上第一位侦探。他是一位法国绅士，一位破落贵族，住在巴黎的远郊区，他有一位朋友。

这里我们看到了侦探小说的另一程式：运用智慧或机智的行动侦破一个疑案。做这样事的定是个非常聪明的人，这个人现在叫杜宾，以后叫福尔摩斯，再后来叫布朗神甫，或者叫别的一些名字，当然都是些响当当的名字。其中第一个原型，我们可以说就是绅士夏尔·奥古斯特·杜宾，他同他的一位朋友住在一起，这个朋友就是讲故事的人。这也是侦探小说传统写法的一部分，这种传统写法在爱伦·坡死后很久为爱尔兰作家柯南·道尔继承了。柯南·道尔采用了这种本身就很有吸引力的题材，即两个性格截然不同的人之间的友谊，这种友谊某种形式上有点像堂吉诃德和桑丘之间的友谊，虽说这两人从未成为一对完美的朋友。在后来吉卜林的小说《吉姆》中则是一个少年和印度教士之间的友谊；在《堂塞贡多·松勃拉》中说的是高乔牧人和一个青年之间的友谊。这种讲友谊的题材在阿根廷文学中屡见不鲜，在古铁雷斯的许多作品中常可看到。

柯南·道尔虚构了一个相当愚蠢的人物，他的智商在读者之下，此公名叫华生医生；另一个人物既有点滑稽，又有点可敬，名叫福尔摩斯。作者设计福尔摩斯机智勇敢的不凡业绩，通过他朋友华生之口娓娓道来，华生则自始至终惊讶不已，一直被种种表面现象所迷惑，他经常受到福尔摩斯的捉弄，却又乐意被他捉弄。

所有这些都反映在爱伦·坡写的第一篇侦探故事里，但他懵然不知他已开创了一种新的文学体裁，这部书的名字叫《莫格街谋杀案》。爱伦·坡不希望侦探体裁成为一种现实主义的体裁，他希望它是机智的，也不妨称之为幻想的体裁，是一种充满智慧而又不仅仅是想象的体裁；其实这两者兼而有之，但更突出了智慧。

他本来可以把他的罪犯和侦探安排在纽约，但如此一来读者便会考虑事情是否真是这么发生的，纽约的警察是不是这样或那样的。让一切都发生在巴黎，发生在圣日耳曼区一个无人的街区，这样能使爱伦·坡的想象力更加宽广，构思起来更加游刃有余。因此，第一个虚构的侦探是外国人，文学史记录下的第一个侦探是法国人。为什么是法国人呢？因为作者是美国人，需要一个远处的人物。为了让人物显得更加怪异，安排他们遵循一种与人们熟知的完全不同的生活方式。这两个人在天亮时拉上窗帘，点亮蜡烛；黄昏时分出门在巴黎人迹稀少的街道上散步，寻找那无穷的苍穹。据爱伦·坡说，只有一个沉睡的大城市才有这样的夜空；同时感受人潮涌动和寂寞孤独，这能激发人的思想灵感。

我想象，这两个朋友晚间踯躅在巴黎人迹稀少的街道上，他们在谈论什么呢？在谈论哲学，讨论有关智慧的问题。接着惨案发生了，这是幻想文学作品中出现的第一宗惨案：两名妇女被杀。我要说的是莫格街发生的惨案，惨案比一般凶杀更富刺激性。说的是两名妇女在一间似乎外人无法进入的房间里被杀害。爱伦·坡用钥匙打开了这间紧锁着的神秘房间。一个女子被扼死，另一女子的脖子被折刀割断了。屋里有许多钱，四万法郎被撒得满地，一切显示这是一种疯狂行为。这就是说，故事一开头就很残酷，甚至令人不寒而栗，最后，案子侦破了。

但是这个破案结局对我们来说不能算作破案结局，因为我们在阅读爱伦·坡的故事前已经知道情节了。这当然大大减弱了刺激性。（这情节与《化身博士》很相似；我们知道这两个人是同一个人，但这只有读过爱伦·坡的另一个弟子斯蒂文森作品的人才会知道。虽说杰基尔医生和海德先生的故事怪诞不经，其实读者一开头就知道这两个人是一个人的化身。）此外，谁会想到本案里的凶手原来是只猩猩，是只猴子呢？

是通过机智的判断弄清案子真相的，依据是在发现惨案前进入房间的那些人的证词。他们听出那个沙哑的声音是个法国人的声音，都听出了几个单音节词，一个没有音节的声音，都听出是一个外国人的声音。西班牙人以为那是德国人，德国人以为那是荷兰人，荷兰人以为是意大利人，如此等等；其实这不是人的声音而是猴子的声音。于是就破案了；案子是侦破了，但我们早已知道结局了。

因此，我们可能会对爱伦·坡产生不良的印象，会认为他的情节肤浅得让人一目了然。对我们这些早已知道情节的读者来说确实如此，但对初次阅读侦探小说的读者来说则未必，他们不像我们那样已受过这方面的训练，他们不像我们似的都是爱伦·坡制造出来的读者。我们只要读过一部侦探小说，就会成为爱伦·坡制造出来的读者。读过那篇侦探小说的人都会入迷，接着便会产生另一批侦探小说的读者。

爱伦·坡写了五本书，其中一本叫《你是那人》，这是所有书里最差劲的一本，但后来被伊斯雷尔·赞格威尔模仿，写了《弓区大谜案》，他也仿造案子发生在一间密闭的房间里。说到这里，我们看到了一种新的人物，一名特殊的凶手，他后来被加斯东·勒鲁[1]照搬到他的《黄色房间的秘密》里：原来侦探就是凶手。接着又有另一篇堪称典范的侦探小说叫《被窃的信件》和另一本书叫《圣甲虫杀人事件》。《被窃的信件》的情节十分简单。有一封信被一个政客偷走了，警察知

1　Gaston Leroux（1868—1927），法国侦探小说家，《黄色房间的秘密》是他1907 年创作的作品。

道信是他拿走的，警察两次在街上把他截住，随即搜查他的家。为了不漏掉任何东西，整个屋子被分隔成若干片，逐片检查，警察动用了显微镜、放大镜，取走了房里的每一本书，检查信是否夹在哪本书里，还在瓷砖地上寻找脚印。最后杜宾出马了。他说警察上当了，警察抱有的念头与三岁小孩一样，认为信可能藏在一个隐蔽的地方；但是，事实并非如此。杜宾去拜访那个政客，此人是他的朋友。他看见办公桌上面人人都能见到的地方放着一个已撕开的信封。他觉察到这就是大家都在寻找的那封信。这一观念就是把某些东西藏在某个显而易见的地方，太容易被人看到，反而谁都没有找到。此外，为了引起我们注意，爱伦·坡是如何机智地构思侦探小说的，在每个故事一开头，总有种种推理分析，总有一段对弈的讨论，究竟是"惠斯特"占上风，还是"王后"占上风[1]。

爱伦·坡写完了这五篇小说后，又写了另一篇：《玛莉·罗热的秘密》，这是他所有小说中最离奇也是读起来最乏味的一篇。讲的是一桩发生在纽约的血案：一个叫玛丽·罗

---

1 "惠斯特"是一种纸牌戏，四人玩，十点胜者为"长惠斯特"，五点胜者为"短惠斯特"，是桥牌的前身。"王后"为西洋跳棋游戏。

杰的姑娘被杀了，我想，大概是个卖花女郎。爱伦·坡只是从报纸上读到了这则消息。他把血案移到巴黎，把姑娘的姓名改为玛莉·罗热，接着描写血案是如何发生的。果不其然，几年后凶手被发现了，情节竟同爱伦·坡书中描写的不谋而合。

所以，我们把侦探小说看成是一种智力型的文学体裁。这种体裁几乎完全建立在虚构的基础之上，破案靠的是抽象推理，而不是靠告密者或罪犯疏忽。爱伦·坡心里明白，他写的东西并非真实，所以总把案发地点放在巴黎，那位推理者是个贵族，而非警察，因此常把警方置于滑稽可笑的境地。这就是说，爱伦·坡塑造了一位聪明的天才。爱伦·坡死后发生了什么情况呢？我想，他死于一八四九年；另一位与他同时代的大作家惠特曼写了一份关于他的讣闻，说道："爱伦·坡是一位只会在钢琴上弹响低音符的演奏家，他不代表美国的民主。"——爱伦·坡生前从未追求过此事，惠特曼对待爱伦·坡是不公正的，爱默生也是如此。

现在不乏贬低爱伦·坡的评论家，但我认为，爱伦·坡从总体来说是位天才作家，虽然他的小说除了那篇《亚瑟·戈登·宾》之外，都有不少缺点。但是所有这几篇侦探小说都塑造了一个人物，这个人物远远超越了他所塑造的各种人物，超越了杜宾，超越了各种惨案，超越了已不再使我们大吃一惊的隐秘。

在英国，侦探小说这一体裁是从心理学角度被人接受的，我们读到的英国最优秀的侦探小说，有柯林斯的《白衣女人》和《月亮宝石》。接着我们读到切斯特顿的作品，他是爱伦·坡的伟大继承者。切斯特顿说，现已出版的侦探小说没有一本超得过爱伦·坡的作品；但我个人认为，切斯特顿超过了爱伦·坡。爱伦·坡写的小说纯粹是虚幻的。比如说《红死病的面具》，比如说，《雪利酒桶》，完完全全是幻想出来的；而且，这五篇侦探小说全都是推理小说。但是切斯特顿有他的独到之处，他写的小说既是幻想故事，又有侦查破案。我要讲讲其中的一篇《隐身人》，发表于一九〇五年或一九〇八年。

这篇小说的情节简而言之是这样的，说有一个专门制造机械木偶的人，他制造的机械木偶有厨师、门房、女佣和机械师，他一个人住在伦敦郊外一座雪山顶上的一所公寓楼里。

有一天，他受到了威胁，说他将被杀死——这是一个小动作，但对侦探故事来说却十分重要。他独自一人和他的机械用人们住在一起，这事情本身就有点令人毛骨悚然。一个人孤零零地生活在一群能盲目地模仿人的动作的机械人中间。最后，他收到了一封匿名信，说他当天下午就要丧命。他叫来了他的朋友们，朋友们去报了警，并让他一个人留在机械木偶中间。但在此之前，朋友们先是要求门房留意有什么人进入屋内，以后还把他托付给一位巡警，也托付给一个卖炒栗子的人。这三个人都保证会很好地完成任务。当朋友们带着警察再回来时，他们注意到雪地里留有脚印。走向屋子的脚印较浅，离开屋子的脚印较深，好像带走了什么重物。他们走进屋子，发现机械木偶制造者失踪了。接着又看见壁炉里留有焚烧过的灰烬。至此小说被推向了高潮。人们怀疑那人是被他制造的机械木偶吞噬了。这是故事最打动我们读者心理的地方，这比故事结局还要激动人心。凶手进过屋子，这是卖炒栗子的人、巡警和门房都看见了的，但没有留意他，因为那人就是天天下午这个时刻到来的邮差。是他杀死了被害人，把尸体装进了邮袋。他把邮件统统烧光后扬长而去。布朗神甫见了他，同他谈话，倾听他的口供，并宽恕了他，因为在切斯特顿的小说里没有人被捕，也没有任何暴力。

如今，侦探小说这一体裁在美国的影响已一落千丈，变成了一种反映现实、充满暴力，也包括性暴力的文学体裁。不管怎么讲，这一体裁已经消失，侦探小说原有的那种运用智慧的特色已被人遗忘。在英国这一特色却还保留着，那里还有人在写非常平静的小说，故事发生在一个英国小村庄里；那里一切都凭智力，一切都很平静，没有暴力，没有大量流血。我也曾尝试过写侦探体裁的作品，我并不为自己做过的事感到过分骄傲。我把它归在象征性作品一类里，我不知这是否合适。我写了《死亡与指南针》。我和比奥伊·卡萨雷斯合作的作品，也有某些侦探性质的内容，他的小说远远超过了我的小说。以伊西德罗·帕罗迪为主人公的侦探小说别具一格，他本人是名囚犯，从监狱里侦查破案。

最后，我们能对侦探小说体裁说些什么赞扬的话呢？有一点明确无误的情况值得指出：我们的文学在趋向混乱，在趋向写自由体的散文。因为散文比起格律严谨的韵文来容易写；但事实是散文非常难写。我们的文学在趋向取消人物，取消情节，一切都变得含糊不清。在我们这个混乱不堪的年代里，还有某些东西仍然默默地保持着传统美德，那就是侦探小说；因为找不到一篇侦探小说是没头没脑，缺乏主要内容，没有结尾的。这些侦探小说有的是二三流作家写的，有的则是出类拔萃的作家写的，如狄更斯、斯蒂文森，尤其是柯林斯。我要说，应当捍卫本不需要捍卫的侦探小说（它已受到了某种冷落），因为这一文学体裁正在一个杂乱无章的时代里拯救秩序。这是一场考验，我们应该感激侦探小说，这一文学体裁是大可赞许的。

一九七八年六月十六日

时　　间

　　尼采不喜欢把歌德和席勒相提并论。我们也可以说，把空间和时间相提并论同样有失恭敬，因为在我们的思维中可以舍弃空间，但不能排斥时间。

　　让我们设想，我们只有一个而不是五个感官，这一感官是听觉。于是，可视世界消失了，就是说苍穹、星星……都不见了。我们失去了触觉：摸不出物体的粗糙、光滑、皱皮疙瘩什么的……我们要是丧失了味觉和嗅觉，我们也就尝不出滋味，闻不到气味。留下的只是听觉。我们在这样的世界里可能不需要空间。这是一个个人的世界。这些个人可能是成千上万，可能是千万百万，他们之间通过语言进行沟通。我们不妨设想存在一种与我们使用的语言相同或者更加复杂的语言，一种通过音乐表达的语言。也就是说，我们可以生活在一个除了意识和音乐之外别无他物的世界里。有人可能反驳说音乐需要乐器。但是如果认为音乐本身需要乐器的话，那是荒谬的。乐器之所以需要是为了产生音乐。假如我们头脑里已有了这样或那样的乐谱，我们可以想象演奏这乐谱而无需乐器，用不着什么钢琴呀，小提琴呀，笛子呀什么的。

于是，我们有了一个与我们现有的世界同样复杂的世界，一个由个人意识和音乐构成的世界。正如叔本华所说，音乐不是某种附加给世界的东西；音乐本身就是一个世界。然而，在那个世界里我们永远会拥有时间，因为时间是延续不断的。如果我想象我自己，你们每个人想象你自己正处在一个暗室里，那么，看得见的世界消失了，你的躯体消失了。我们有多少回感觉不到自己躯体的存在呀……比如，我现在只是在用手触摸桌子这一会儿工夫，才感觉到有手和桌子的存在。但发生了一些事，发生了什么事呢？可能是感觉，可能是觉察，或许仅仅是记忆或想象。但总是发生了一些事。说到这里，我想起了丁尼生的一句美丽的诗，他最初写的诗作中的一句：光阴在子夜流逝。那是一个极富诗意的观念：当大家都在酣睡时，光阴像静悄悄的河流——这是个最恰当不过的比喻——在田间，在地窖，在空间流逝，在星辰之间流逝。

这就是说，时间是个根本问题。我想说我们无法回避时间。我们的意识在不停地从一种状况转向另一状况，这就是时间，时间是延续不断的。我相信柏格森说过：时间是形而上学的首要问题。这个问题解决好了，一切都迎刃而解。我认为，幸亏世界上没有一种危险能得到化解，意思是说，我们将永远焦虑不安。我始终可以像圣奥古斯丁那样说："时间是什么？你们不问我，我是知道的；如果你们问我，我就不知道了。"

我不知道经过两三千年的思考之后，我们是否在时间问题上取得了很大进展。我要说，我们一直对这古老问题感到困惑，对此，赫拉克利特无可奈何地深感茫然，他说过一句名言我经常引用：人不能两次踏进同一条河流。为什么人不能两次踏进同一条河流？首先，因为河水是流动的。第二，这使我们触及了一个形而上学的问题，它好像是一条神圣而又可怕的原则，因为我们自己也是一条河流，我们自己也是在不停地流动。这就是时间问题。这就是转瞬即逝的问题：

光阴似箭。我又想起了布瓦洛那句美丽的诗："光阴就在某些东西已离我远去的时刻消逝。"我的现在——或者说曾经是我的现在——已成过去。但这消逝的时光并未完全消逝，比如，上星期五我曾跟你们谈过一次话，我们可以说我们已是不同的我们，因为在过去的一星期里在我们身上已发生了许多事情。然而，我们还是我们。我知道我曾在这里作过报告，我曾在这里推理和讲话，而你们也许记得上星期曾和我在一起。总之，这些都留在记忆之中，记忆是个人的。我们在很大程度上是由我们的记忆构成的，这个记忆在很大程度上是由遗忘构成的。

现在，我们来探讨一下时间问题。这问题可能并未解决，但我们可以重新审视已得到的答案。最古老的答案是柏拉图得出的，后来是普罗提诺，再后来是圣奥古斯丁，这个答案可称为人类最美好的发明之一。把这称为人类的发明是我想出来的。你们如果是宗教徒的话，也许会有别的想法。我说：这个美好的发明就是永恒。什么是永恒？永恒不是我们所有昨天的总和，永恒是我们所有的昨天，是一切有理智的人的所有的昨天；永恒是所有的过去，这过去不知从何时开始；永恒是所有的现在，这现在包括了所有的城市，所有的世界和行星间的空间；永恒是未来，尚未创造出来但也存在的未来。

神学家认为，永恒便是各种时间奇迹般地结合在一起的瞬间。我们可以引用普罗提诺说过的话，他曾深刻地思考过时间问题。普罗提诺说：有三个时间，这三个时间都是现在。一个是当前的现在，即我说话的时刻，也就是，我说了话的时刻，因为这一时刻将属于过去。第二个现在是过去的现在，即所谓记忆。第三个现在是未来的现在，就是想象中的东西，我们的希望或我们的忧虑。

现在，让我们看看柏拉图最先作出的答案，这答案看似武断，其实不然，正如我希望证实的那样。柏拉图说时间是永恒的活动形象。他一开始就谈永恒，谈永恒的存在，这永恒的存在总希望反映在别的存在上。他无法使存在立即永恒，必须连续不断才能得到永恒，时间成了永恒的活动形象。英国伟大的神秘主义者布莱克说过一句名言，他说："时间是永恒的馈赠。"如果把一切存在都给予我们的话……存在将多于宇宙，多于世界。如果存在只给予我们一次的话，我们就将被消灭，将被取消，将会死亡。而时间则是永恒的馈赠。永恒允许我们连续不断地得到这些经验。我们有白天和黑夜，我们有钟点，我们有分秒，我们有记忆，我们有当前的感觉，我们还有未来，这一未来我们虽还不知其形态，但我们能预感到或拥有它。

所有这一切都是连续不断地给予我们的，因为我们忍受不了这一无法容忍的负担，忍受不了这一无法容忍的所有宇宙存在的解脱。叔本华说过，对我们来说，幸亏我们的生活被分成白天和黑夜，我们的生活被睡眠所打断。我们清晨起床，度过一天，最后便睡觉。要是没有了睡眠，将不可能活下去，我们将享受不到愉快。所有的存在是不可能一下都给予我们的。我们得到了这一切，但是逐步得到的。

转世之说是与一个相似的观念相符合的。也许会像泛神论者信奉的那样，我们同时将成为各种矿物、各种植物、各种动物、各种各样的人。幸亏我们并不知道这些，幸亏我们相信的是每个个人，要不然我们都会被这一切所压倒和消灭。

现在我又要提到圣奥古斯丁。我认为，谁都没有像圣奥古斯丁那样深刻地思考过时间问题，思考过那个时间的疑窦。

圣奥古斯丁说，他的灵魂在燃烧；灵魂在燃烧是因为他很想知道时间是什么。他祈求上帝晓谕他时间是什么。这不是为了毫无意义的好奇，而是因为他不解其意便无法活下去。弄清时间是什么成了一个根本问题，也就是后来柏格森所说的是形而上学的根本问题。圣奥古斯丁是满怀热情谈论这一切的。

我们现在也在谈论时间，我们可举出一个表面看来十分简单的例子，芝诺提出的"飞矢不动"这个诡辩式的论点。他把这论点应用在空间上，而我们则把它应用在时间上。我们取出其中最简单的一个论点：动的悖论。动处在桌子的一端是静止不动的，但它必须到达桌子的另一端。首先它必须到达桌子的一半处，但此前它必须穿过一半的一半，接着穿过一半的一半的一半，如此无穷。动本身绝不可能从桌子的一头直接到达另一头的。要不然，我们还可以找个几何学的例子。假设有这么一个点，这个点不占任何面积。如果我们把无穷无尽连续不断的点连在一起，我们就有了线。我们再把无穷数的线联结在一起，就得到了面。无穷的面加起来，就有了体积。但是我不知道对此我们能理解到什么程度，因为假如这个点不是空间的，就不知道如何把这些狭小的点（即使是无限的）加起来成为一条长长的线。也许我想到的不是一条从地球的这个点延伸到月球的线，比如，我想到的这条线是：我正在叩敲的这张桌子，桌子也是由无穷数的点组成的。至此可以认为答案已找到了。

罗素是这样阐释的：存在有限数（数的自然数系列1、2、3、4、5、6、7、8、9、10直到无穷）。但我们接着考虑的是另一系列，而这另一系列正好是第一系列延伸的一半。它是由所有的偶数组成的。就这样，1变2，2变4，3变6……我们再看另一系列。我们随便挑一个什么数吧，比如，365。1变365，2变365的平方，3变365的三次方。这样我们就得到好多系列的数，它们都是无穷的。这就是说，在超限数中局部数并不少于整数。我相信，这一点已被数学家接受，但我不知道我们的想象能接受到什么程度。

我们来研究一下现在时刻。什么是现在时刻？现在时刻是由部分的过去和部分的未来组成的。现在本身就像是几何学的一个有限点，现在本身并不存在。现在不是我们意识的一个直接数据。我们有了现在，又看到现在正在逐步成为过去，成为未来。关于时间有两种理论，其中之一，我想，我们几乎人人都持此理论，把时间看成一条河流，一条河流从开头、从难以捉摸的开头流动，一直流动到我们身上。还有另一种理论，英国形而上学家詹姆斯·布拉得雷[1]的理论，布拉得雷说事情正好相反：时间是从未来流向现在的，并说未来成为过去的那一时刻就是我们所谓的现在时刻。

我们可以在这两种隐喻之间选择其一。我们可从未来或从过去中找到时间的源头，其结果都一样。我们面前始终有一条时间之河。那么，如何解决时间的来源问题呢？柏拉图给了这样的答案：时间来自永恒，说永恒先于时间是错误的，因为说永恒在先，等于说永恒属于时间。像亚里士多德所说的，时间是测量运动的尺度，这种说法也是错误的，因为运动发生在时间之中，运动不能解释时间。圣奥古斯丁说过一句动听的至理名言：上帝不是在时间中，而是与时间一起创造了天和地。《创世记》最初几节讲述的不只是创造世界，创

1　James Bradley（1693—1762），英国天文学家，1742 年继哈雷之后任格林尼治天文台天文学教授。1729 年发现"光行差"，为哥白尼的假说提供第一次实地观察证据。

造海洋和陆地、黑暗和光明；而且也讲述了时间的开始。并不存在早先的时间：世界开始成为世界是与时间同时，从那时起一切都是连续不断的。

我不知道我刚才解释的这个超限数的观念能否对我们有所帮助，我不知道我的想象是否接受这一观念。我不知道你们的想象能否接受这一观念，能否接受量的局部并不少于量的整体这一观念。在自然数系列方面我们同意说偶数的数目与奇数的数目相等，即都是无限的，同意说365的乘方的数目与总数相等。为什么不接受时间的两个瞬间的观念呢？为什么不接受七点零四分和七点零五分的观念呢？似乎很难同意说在这两个瞬息之间存在无穷数或超限数的瞬间。

然而，罗素要求我们这样去想象。

伯恩海姆说芝诺的悖论是建立在时间的空间观念上的，说实际上存在的是生命的冲动，我们不能把它分割开来。打个比喻，假如我们说阿喀琉斯跑出一米，乌龟才爬了十厘米，那是假话，因为我们说的是阿喀琉斯开头大步飞奔，最后才龟步缓行。这就是说，我们是在用衡量空间的尺度来衡量时间。但是我们也可以说——威廉·詹姆斯就是这么说的——

让我们假设有一段五分钟的时间。为了度过这五分钟的时间，必须度过这五分钟的一半，为了度过这两分半钟，必须度过这个两分半钟的一半，必须度过这个一半的一半，如此直至无穷，因此永远也不可能度过这五分钟。这里，我们看到芝诺的诡辩式论点应用到时间上，其结果是相同的。

我们也可以举箭为例。芝诺说一支飞箭在一定时间内经过许多点，但在每一点上是静止不动的。所以，运动是不可能的，因为静止不动的总和不可能形成运动。

但是如果我们认为存在真实空间的话，那么这个空间可能最后分成许多点，虽然空间是不能无限分割的。如果我们想到的是一个真实的时间，那么时间也可以分成许多瞬间，分成瞬间的瞬间，愈分愈细。

如果我们认为世界只不过是我们的想象，如果认为我们每一个人都在梦想一个世界，那么，为什么不能设想我们是从一个思想转到另一思想，由于我们没有感觉到这些分割，这些分割就不存在呢？唯一存在的是我们感觉到的。只有我们的感觉、我们的情感是存在的。但是这种一再分割是想象出来的，并非现实的。于是，还有另一种观念，这似乎是人们共同的观念，也就是时间统一性的观念。这是牛顿创立的，不过在牛顿之前早已形成了共识。当牛顿谈到数学时间——也就是说只有一个流动在整个宇宙间的时间——时，那个时间现在正流动在空洞的地方，正流动在星辰之间，正在以统一的方式流动。但是英国形而上学论者布拉得雷却说没有任何理由要作此假设。

他说，我们可以设想存在各种不同的时间系列，它们之间互不相关。我们可以举出一个我们称之为 a、b、c、d、e、f……的系列。这些事实之间有着相互联系：一个位于另一个的后面，一个位于另一个的前面，一个与另一个同时存在。但我们也可以举出另一个系列，那是 α、β、γ……系列。我们还可以举出许多其他的时间系列。

为什么只设想一种时间系列呢？我不知道你们的想象是否接受这个观念：存在许多的时间，而且这些时间的系列——这些时间系列的成员之间自然是有的在先，有的同时，有的在后——并不分先后，也不同时存在，它们是各种不同的系列。我们也许可以在每个人的意识中想象，比如，我们可以想到与牛顿同为微积分创始人的莱布尼茨的观念。

这个观念说我们每个人都经历一系列的事，这一系列事可能同其他系列的事并行，也可能不并行。为什么要接受这一观念呢？因为这观念是可能的；它为我们提供了一个更宽广的世界，一个比我们现在的世界更加奇怪得多的世界。这种观念认为不是只有一个时间。我相信这一观念在某种程度上受到了当代物理界的庇护，对当代物理界我并不理解，也不熟悉。这是多种时间的观念。为什么要设想单一时间的观念，一种如牛顿所设想的绝对时间的观念呢？

现在我们再回过头来谈谈永恒的题目，谈谈总希望以某种方式得到反映并已反映在空间和时间方面的永恒的观念。永恒就是多种原型的世界。比如说，在永恒的观念里不存在三角形。只有一种三角，它既不是等边，又不是等腰或不等边，那种三角是三物并存，不是一物独存。这种三角实在不可思议，这无关紧要，反正存在这种三角。

再举一个例子，比如说我们每个人都可能是某一类型人的暂时的和必死的复制品。我们也都面临一个问题：是否每个人都有他的柏拉图意义上的原型。这一绝对性总希望得到反映，并已在时间上得到了反映。时间就是永恒的形象。

我以为这最后一点有助于我们去理解为什么说时间是连续不断的。时间之所以连续不断是因为它离开了永恒而又想回转永恒。这就是说，未来的观念是与我们渴望返回起点相一致的。上帝创造了世界；整个世界，所有的宇宙万物都想回转永恒的源头，这个永恒的源头是超越时间的，既不在时间之先，也不在时间之后，它在时间之外。这可能已留在生命冲动之中。时间在不停地运动这一事实也是如此。有人否认现在。在印度斯坦有的形而上学论者曾说，水果掉下的时刻是不存在的，水果要么将要掉下，要么已掉在地上，但是没有掉下的时刻。

　　认为在我们区分过的三种时间——过去、现在、未来——里最困难、最不可捉摸的是现在，这个想法是多么的奇怪呀！现在与点同样地难以捉摸，因为如果我们漫无边际地想象它，它就不存在；我们必须想象这显而易见的现在时刻部分来自过去，部分来自未来。意思是说，我们感觉到了时间的通过。当我谈到时间的通过时，我是在谈你们大家都感觉到的某些东西。如果我在谈论现在，那么我正在谈论一个抽象的单位。现在并不是我们意识的直接数据。

我们感到我们正在时间中消逝，这就是说，我们可以认为我们是在从未来向过去过渡，或从过去向未来过渡，但是我们任何时刻都不可能像歌德希望的那样对时间说："请停一停！你是多么美丽呀……"现在是不会停住的。我们无法想象一个纯粹的现在；这是白费力气。现在始终拥有一颗过去的粒子，一颗未来的粒子。这似乎是时间的必需。根据我们的经验，时间永远是赫拉克利特所说的河流，我们始终得遵循这一古老的比喻。这好像在几百年里还没有取得过什么进展。我们永远像赫拉克利特一样望着河里的倒影，在想这河不是原来的河了，因为河里的流水已经变化了，在想他已不是原来的赫拉克利特了，因为从上次看河到这次看河，他已变成另一个人了。这就是说，我们的某些东西变化了，某些东西保留下来了。我们本质上都有些神秘兮兮。假设我们每个人都失去了记忆，那会成什么样子呢？我们的记忆很大部分是由噪声构成的，但记忆是最根本的。为了知道我是谁，我没有必要回忆我，比如说，曾在巴勒莫、阿德罗格、日内瓦、西班牙住过。同时，我必须感到现在的我不是住在那些地方的我，我是另一个我。这是一个我们永远无法解决的问题：不断变化身份的问题。也许变化这词本身足已说明问题，因为我们在说到某个东西的变化时，我们不说某个东西被另一东西取代了。我们说："树长高了。"我们并不因此说一棵小树被一棵比它大一点的树取代了。我们愿意说这棵树变样子了。这就是瞬息滞留的观念。

　　未来的观念可以用来证实柏拉图那个古老的观念，即时间是永恒的活动形象。如果说时间是永恒的形象，那么将来便会成为灵魂趋向未来的运动。未来本身将回归永恒。这就是说，我们的生命在不断地趋向死亡。当圣保罗说"我天天死亡"时，这并不是他的一种伤感的表达。事实上我们是在天天死亡，天天出生。我们在持续不断地出生和死亡。因此时间问题成了比其他形而上学的问题与我们关系更加密切的问题，因为其他问题都是抽象的，而时间问题则是我们自己的问题。我是谁？我们每一个人是谁？我们是谁？也许我们有时知道，也许不知道。与此同时，诚如圣奥古斯丁所说，我的灵魂在燃烧，因为我想知道时间是什么。

一九七八年六月二十三日

JORGE LUIS BORGES

Borges, oral

图字: 09-2010-605 号